그리하여
너의 섬에 갈 수 있다면

그리하여
너의 섬에 갈 수 있다면

권용태 시집

소울앤북

시인의 말

1958년에 한국문단에 발을 들여놓았으니 거의 60년이 넘는 세월을 문학과 동거해 온 셈이다.

결코, 자랑하고 내세울 일은 아니다.

지금도 원고지를 펴들면 막막하고 두렵기만 하다.

내 시는 너무 나약하고 섬세하지 못한 탓일까.

나만의 시 세계와 개성 있는 목소리로 감동과 위안과 기쁨을 안겨 주지 못한 아쉬움이 크다.

그러나 아무리 좋은 시를 쓴다고 하더라도 만족하거나 완성은 없을 테니까 이 길을 갈 수밖에 없다.

나는 때때로 내 인생에 있어서 시란 무엇이며 어떤 비중과 가치, 목적성을 갖는 것이기에 이토록 시를 버리지 못하고 평생을 연연해오는가를 자문해 볼 때가 많았다.

나는 때로 다양한 문화 분야의 길을 걷기도 했지만 문학은 항상 숙명처럼 내 곁을 떠나지 않았다.

내 필생의 사업으로 이 길을 달려온 것이 너무도 행복하고 대견하다.

이제 정통적인 시작詩作을 벗어나 자유롭게 나다운 시를 쓰고 싶을 뿐이다.

제1부와 제2부에서는 근작近作을 중심으로 했고, 다른 몇몇 작품은 개작改作과 제목을 바꾼 것도 있다.

제3부에서는 내 나름대로 사행시四行詩 형식을 빌려 정제되지 않은 시적 단상을 시도해 보았다.

제4부에서는 문인들이 가장 사랑했던 화가 김점선을 그리며 추념하는 마음으로 작품과 그림을 함께 실었다.

이제 나이 탓인지 팔당호수가 보이는 툇마루 처마 밑에 떨어지는 낙수를 바라보고 있으면 공연히 슬퍼진다.

50년대의 기인열전奇人列傳에 빛났던 기라성 같은 친구들을 생각하면 처연한 생각마저 든다.

삭막한 오늘의 우리 문단을 바라보면 새삼 그들이 더욱 그리워진다.

'괴로워 마라 바람이 분다'가 왜 이렇게 실감 나게 다가오는 것일까.

2022년 10월
권용태

차례

제2부 | 다시 만난 새벽

제3부 | 형형색색−四行詩 44편

제4부 | 김점선 화가를 그리다

해설

제1부

휘이 휘이 사람이 그리워서

젊은 날의 자화상

내 젊은 날의 사랑은
작은 간이역의 희미한 불빛처럼
멀어져 갔지만
아무리 털어내도
혼불 같은 아픔으로 다가온다

내 작심作心은
사흘을 채 못 가는,
편지 한 장을 적을 사이에
떠나버리는 변태 속이었다

술을 좋아하는
바다를 좋아하는
심지어는 여자를 좋아하는
그런 놀랄 일도 있었지만
나는 실로 누구도
사랑하지 않았다

나의 형용사는
보통 경악이다
졸리는 눈으로
사랑을 겨누었던
그날의 충격 이후
나는 누구도 사랑하지 않았다

나는 아직도
잠이 덜 깬 눈으로
사랑의 항해를 계속하고 있지만
한 번 더 생각해 보면
나의 주인은 정말 없었다
까닭이야 있겠지만
깊은 회의 속에서
내 배는 깊은 바다에
침몰되었다

이따끔
잠을 깨어 보면
내 머리맡에서
열심히 무운武運을
빌고 있었지만
나는 참 오만했었지

결국 그건 참 슬픈 일이었다
여인의 사진첩에
끼어 있는
동창 관계만큼이나
복잡한 일이지만
가을 풍속은
해마다 다른 의식으로 채색되었다

여자의 눈을 점유하고
여자의 입술에

새순을 돋게 했을 때
나는 분명히 전범자였는데
그리운 사색들의
파편들을
한 번도 경건하게 정리해 보지 않았지

나의 겨울 사냥은
보통 여인숙 같은 다락방에서
이루어졌지만
방문을 열고
들어서는 아침의
기침 소리에도 흔들리지 않았다

그건 참 슬픈 일인데도
표정 없는 친구들을
좋아하면서
한 번도 우울한 저녁을

보낸 적이 없었다
언제나 흔쾌한 밤을
나누면서
여자의 이야기에는
항상 긍정적이었지

그러나 나의 가슴속에
신앙은 정말 있었다
돌아설 때
손수건을 흔드는
절차만큼
비 오는 날 멋지게
목례를 보내 주곤
나는 또 내일의 일정표에 몰입했다

나의 청춘은
꼭 1학년 때 크레용을

아무 데나 칠하던
장난기가 있었지만
사실은
난해시만큼 어려운
여인의 얼굴만을 지켜왔다

'돌체' 같은 음악실에서
광화문의 동아일보 네거리에서
때때로 잠을 깼을 때
넥타이가 내 머리의
꼭대기에서
흔들리고 있었지만
나는 한 번도 머리를 깎은 적이 없었다

나의 귀가는 언제나
새벽녘이지만
흔쾌한 저녁을

한 번도 손댄 적이 없이
도회의 밀림 속을 헤쳐
눈을 떠 보면 언제나
나의 하숙이었지

그러나 며칠은
외출 중 표지가
내 문패 위에 매달려
방문객을 감동하게
만들었지만
나는 멋진
아누크 에메의 화면을
응시하고 있었지

이제 막 내 앞을 스쳐 간
여자친구의 구두에 걸려
넘어진
자존심을 생각하다가

친구의 집을 찾아들었던
언제나 주머니는
비어 있었지

때로는 나뭇가지를 꺾어 버리듯
가벼운 기분으로
애정을
낡은 포켓 속에다
구겨 넣은 채
저 숲속의 새를
너무도 슬프게 울게 했다

겨울 산장에
눈이 내리는
내 상심傷心의 숲속엔
무섭게 출렁대던 바람도 자고
사랑의 램프마저 꺼져 버렸네

강江

강은 화려한
앙천仰天에의 꿈을 접고
선율을 타고
포말泡沫처럼 흩어지는
기억을 더듬었다

바람이 일고
원시림 같은
죽음의 정적을 넘어
강은
설교자의 목에 매달린
수인囚人의 절박 같은 것

강은
수없이 박힌
상심傷心의 흔적을 따라

또 하나의 시련인
십자가를 지고 섰다

사람이 그리워서
─장사익

휘이 휘이,
사람이 그리워서
사람을 찾아 나서는
장사익의 노래를 듣고 있노라면
5일마다 한 번 열리던
내 고향 시골 장터 생각이 나네

녹녹히 배어 있는
우리 가락
날고 싶은 세상에서
길을 몰라도
길을 묻지 않는
장사익의 노래를 듣고 있노라면
투박한 고향 사투리로
아버지를 불러 보고 싶네

결이 고운 한복 입고

좋은 소리랑 다 모아
버선발로 달구경 가는
장사익의 노래를 듣고 있노라면
더덩실 울산바위
가파른 벼랑 끝 구름 걷히고
그 너무 밝은 햇볕 보이네

꽃은 꽃끼리 피어나고
새들은 새들끼리 날아가는
맺힌 한 풀어주는 하늘길 따라
장사익의 노래를 듣고 있노라면
지하의 막장 속으로 떨어져 내리는
내 심간心肝의 아픔을
휘이 휘이, 어떻게 달래야 하나

사랑에 대하여

사랑도 깊어질수록
낯설고 두렵구나
눈 부신 햇살이 아닌
차가운 이슬로 내리는
눈발인 것을 몰랐었구나

가슴을 채웠던 그리움도
살아 움직이는 생물처럼
흐르는 물살인 것을
집착에 깊이 빠져 몰랐었구나

사랑도 거리를 두고
그리워할 때가 아름답다.
문틈으로 스며든 햇살처럼
살며시 흔들림으로
다가와야 더욱 아름답다

24

사랑은 작은 간이역의
희미한 불빛이다
사랑은 불타오르는 갈증이다
사랑은 치유할 수 없는 지병이다
사랑은 끝내 풀 길 없는
의문 부호이다

허허,
불꽃 같은 사랑으로
치열하게 상처받았던
그 멍에의 끈을 풀고
언제 다시 회한의 강을
건널 수 있을까

겨울나무는
바람 부는 쪽으로 쏠리고
사랑은 그대 있는 곳으로
걷게 하는가

풀을 뽑으며

귀여리 내 안마당엔
꽃보다 풀이 더 무성하다
풀을 뽑다가도 허업虛業이구나
내가 너를 이길 생각을 하다니
시린 마음으로 벌렁 누워 버렸다

너의 이름을 아무리 지워도
뒤돌아보면 다시 되살아나
치열하게 살아가는 공존共存의 자유,
난장으로 다가와 나를 압도 했다

서슬 퍼런 끈질긴 생명력에
비장한 각오로 수없이 도전 했지만
너는 한 번도 지쳐 쓰러진 적이 없이
언제나 나보다 한 발짝 앞서 걸었다

차라리
백기白旗를 들고 너의 태풍 같은

집념 앞에 화해의 손길을
내미는 편이 행복하겠구나

겨울 초대

가을이 깊어지면
적막한 겨울을 지켜야 하는
순백純白의 발자국이 찾아오는가

무성한 꽃들은 지고
아픔이 더 깊어지는
긴 밤이 찾아오는가

귀여리 강둑에서
불타는 노을을 바라보며
고요 한잔 나눌 겨를도 없이
이 가을도 저물어 가네

나무

―아내에게

겨울을 이기고 숲을 이룬 나무여,
절정의 순간에도 침묵으로 선 나무여,
마지막으로 부르고 싶은 이름이여,
나무는 자꾸 서산으로 기우는데
어떻게 울까
내 깊은 속의 말을
한 번도 건네지 못했네

착하고 선한 나무여,
혼자서 울 수 없는 나무여,
편안히 앉을 의자도 없이
파도 소리를 내며
나를 부르고 있네

아내의 생신

아내는 나보다 세 살이 적은
여든두 살의 나이,
음력으로 5월 단오
다음날이 생일이다

믿음의 버팀목 같은
명암의 세월 속을
살아오면서
이제 정려靜慮한 마음으로
아내의 생일을 챙겨야 할 나이인데도
나는 언제나 잊어버리기 일쑤

항상 새로운 다짐으로
아내의 생일을
낡은 수첩에 적어두고
기차 시간 외우듯
수없이 되뇌어 보았어도

깜짝 놓쳐 버린 안개 바다

내년엔 꼭 챙겨 주어야지,
내년엔 꼭 불을 밝혀야지,
아픔의 쳇바퀴 속을 달려간다

적요寂寥의 여백

새벽 세 시쯤
잠에서 깨어나
느닷없이
가족들의 사진첩을 펴들고
심란해한다

몇 해 전
동해의 가을 바다,
나들이 사진을 펴보며
그 철부지 딸이
이제 대학생이 되어
가족 동행도 여의치 않고,

큰아들놈도
제 몫으로 자라
맨날 밤늦은 귀가,
피곤히 잠들어 있다

이제 환갑還甲을 훨씬 넘긴
우리 두 내외,
새벽은 훤히 밝아 오고
출근길이 부산해 오는데
저리도록 시려 오는 마음은
어인 일인가.

몇 해 지나
내 분신의 딸
남의 집으로 보내고,
아들도 새살림으로
떠나보내면
단둘이 동그마니
그 적요의 여백을
무엇으로 메우랴

첫사랑

당신의 깊은 상처에
눈물 한 방울 떨어뜨리고
보이지 않은 위로의 눈빛 보내며
시린 마음에
산 그림자로 돌아왔네

괴로워 말라
(우리는 온전히 헤어진 것이 아니라
다시 만날 수 있는 날이 올 거야)

언제 떠날지 모를
배 한 척 내 가슴에 정박해 있네

사랑이여!

한강

한강은 서울의 젖줄
우리의 역사,
우리의 허리,
우리의 심장,
우리의 구원,
영광과 오욕을 실어 나른
영혼의 통로다

한강은
오대산 깊은 골 우통을 시원으로
북한강과 남한강으로
나뉘어 흐르지만
갈라진 아픔 없이
유유히 한곳으로 흐르고 있다

한강은
국운의 영고성쇠에 따라

대수, 아리수, 왕뿅하, 얼수
한수, 경강, 북독으로
끝내는 한강漢江으로
불리워 왔다던가

한강을 지배하는 자
한반도를 지배한다고 했던가
백제의 근초고왕이,
고구려의 장수왕이,
신라의 진흥왕이,
한강 유역을 쟁패의 요지로
삼았던 곳
역사의 이끼가 끼어 흐르고 있다

한강은
서울의 심장으로 다시 태어나
서울의 역사

서울의 위용,
서울의 자존,
세계의 명소,
한강의 새로운 이야기를
눈부시게 새겨 놓고
영겁으로 도도히 흐르게 하라

내 친구 천상병千祥炳

내 친구 천상병은
하루 종일 막걸리만 마셨다
인사동 네거리에서
꼭 통행료 1,000원씩을 받았다
하루의 생활비가 천 원이었다

상병에게는 막걸리가 양식이었다
하루 종일 밥 한 톨 먹지 않고
막걸리만 마셨다
양주와 소주는 마시지 않고
민족의 술 막걸리만 마셨다

건강을 걱정하는 아내 목순옥 몰래
숨어서 막걸리만 마셨다
어쩌다 원고료가 생기면
맥주 한 잔 마시는 게 유일한 낙이었다

막걸리는 취하기 위해
마시는 것이 아니라 즐기려고 마신다고 했다
감사할 일이 있어도, 화가 나는 일이 있어도
막걸리만 마셨다
잠잘 때만 마시지 않았다

막걸리는 천상병에게
아름다운 우주였다
찬란한 인생이었다
하나님의 유일한 은총이었다

귀천歸天에서
─천상병과의 대화

여어, 오랜만일세, 친구여.
어떻게 지냈는가.
─글쎄, 바지가 헐렁거려 세상살이가 거북했네
그려.

어디 세상은 조용하던가.
─말 말게, 눈이 커서 그런지 새벽마다 조간만 펴들
면 무서워서 죽을 뻔했네.

그럼 산간에다 선방이나 차리고 신귀거래사新歸去
來辭나 외우려나.
─아닐세, 그런 한가한 이야기는 말게. 지금은 그런
수사학을 펼칠 때가 아닐세.
눈썹 끝에 매달린 저 빈자의 평화 때문에 나는 도
무지 잠을 이룰 수가 없었네. 음악이나 듣겠네.

자넨 음악을 들으면 희망이 우러난다면서,

―응, 바흐나 브람스를 만나면 온통 하늘은 내 것
이네그려.
거기다 시벨리우스의 협주곡을 들으면 허리 끝에
서 쌓이는 행복을 느끼네.

그럼 시는 계속 쓰겠나, 요즘 자네 시를 읽는 재미
가 있더군.
―이 어두워 가는 시력으로라도 시를 써야지. 그래
야지 겨우 살아남을 수 있을 것 같애.

자 술이라도 한잔 나누고 헤어질까.
―사양하겠네, 어디 술맛이 제대로 나야 말이지.
오늘은 '귀천歸天'에서 낮잠이나 실컷 자겠네.

신춘미음 新春微吟

새해 아침,
새 하늘이 열리고
천지가 순백의 눈꽃,
유난히 눈 부신 햇살,
묵은 벼루에 먹을 갈고
'謹賀新年'이라 쓴다

신통하다
추위에 떨고 있는 복수 꽃
아픈 자국을 지우고
툇마루에 뒷짐 지고 서면
명징한 얼음 속
새록새록 돋아나는 풀꽃을 보겠네

조선백자 한 점 세워 놓고
새한도 한 구절 펼쳐 놓고
고요 속에 묻힌

봉은사 현판 앞뜰을 거닐면
추사秋史의 헛기침 소리가 들리네

오늘은 서설瑞雪이 내릴 것만 같네
엉킨 실타래 풀고
해토를 기다리며
녹차 한잔의 묵향墨香,
적조하게 지냈던 고향 친구에게
안부 편지나 띄울까

대춘부待春賦

봄날의 기억은
복수꽃이 겨울의 무게를 이기고
꽃망울을 터트리는 소리,
눈부셔라 환한 꽃의 스캔들로
한바탕 잔칫상을 받겠네.

봄의 햇살이 손님처럼 사뿐히 걸어오는
남새밭 이랑에
산수유 철쭉꽃으로
활활 타오르는 불길을 보겠네

침착하라 가슴이 뛰고
불기둥 같은 난장으로
봄 내음이 짙은 향기로 아파 오는데
사랑으로 목이 타거든 지천으로 핀
꽃길을 걸어 보게나

봄보다 꽃을 더 기다렸나요
피어나는 꽃잎 앞에서 울고 싶었나요
가파른 정암산 산등성이마다
꽃장이 섰네

자화상 自畵像

아름다운 노후老後를 소망하지만
허리는 갈대처럼 굽어지고
무릎관절은 삐걱거려
꽃밭에 낀 잡초처럼
품위 없이 구겨져 간다.

날이 갈수록 시력은 떨어져
글자는 희미해 보이지만
세상은 더욱 밝게 보이네

민낯으로 거울 앞에 서서
나를 비춰 보아도
속죄하는 마음으로 살아
하느님 앞에 부끄러움뿐이네

소태같이 미운 세상,
색깔 있는 한마디 내뱉고 싶지만

누구 하나 귀 기울여 주지 않고
세상 하나 바뀔 것 같지 않아
삭을 대로 삭은 지푸라기처럼 산다

부음訃音

내 친구의 부문訃聞을
전해 듣던 날 저녁,
망연히 앉아
순간이다, 구름같이 잠깐 머물다
떠나는 가숙假宿의 자리
바람의 그림자와 같은
내 회한의 생애가
눈발처럼 흩날린다

지명知命을 넘긴
내 나이를 헤아려 보고
아직도 소망을 두고
해야 할 일이 너무도 많은데
차례를 기다리는 귀성객처럼
영원한 유택幽宅으로 돌아가는
채비를 하는 거다

때로는 생활의 혹한酷寒 속을 살며
눈이 시리고
생채기마다
나를 지탱해 주던 버팀목,
어린 식솔들을 바라보며
심간心肝의 아픔을
훠이훠이, 어떻게 떠날 것인가

부질없는 세상일에 매달려
이승의 탐욕,
죽음의 깃 밑에서도
신뢰의 성을 쌓고 있지만,
지하의 막장 속으로
자꾸 굴러떨어져 내린다

시력視力

언제부턴가
눈이 침침해지기 시작했다

신호등이 겹쳐 보이기도 하고
두 개 세 개로 보일 때도 있다
가까운 것이 더 멀리 보이고
먼 것은 아예 안갯속이다

윤곽은 보이지만
가까이 가보면 바람처럼
날아가 버린다

그러나 신기한 것이 있다
눈이 어두워진 이후
세상이 더 밝게 보이기 시작했다

깨어진 유리창 너머의
세상처럼…

내려놓기

나이 더 할수록
내려놓은 일이,
버리는 일이,
비우는 일마저도
말씀처럼 쉽지가 않네

'말도 내려놓고,
생각도 내려놓고,
소원도 내려놓으라'는
사문沙門의 가르침을
새벽마다 암송한다

오늘도
탐욕貪慾으로
넘어지지 않으려고
자존自存의 깃을 세워보지만
마음으로 키운 나무처럼
석양으로 기우는 내 허리여!

산중우답山中愚答

산에서 길을 물으면
산은 내게 다시 길을 묻는다

어느 한 곳으로 기울지 말고
자작나무처럼 곧게 살라고 한
사문沙門의 가르침을 일러준다

절망의 숲속에는
온통 상처 입은 나무들만
줄지어 서 있다

모자를 벗고 겸허하게
예의를 갖춰 산을 오르면
산은 우리를 환대歡待하리라

세상이 참 멋대가리 없이
흘러가고 있다

나는 병든 나무를 끌어안고
파도처럼 울었다

그리하여 너의 섬에 갈 수 있다면

기억의 저편에서
그대가 조용히 걸어오시네
바람이 몰고 온 등불처럼
내 안에 항상 그리운 섬으로
정박碇泊해 있네

다시 만난 새벽,
꿈길에서 만났던
그대의 이름을 지우려고
눈물로 적신 밤을 지새우지만
묻어 둔 사랑은 더욱 목이 타오르네

바람은 울지도 못하고
바다에 머물러 있고
저물도록 세상 어디에도 없는 그대,
내 그리움은 한 번도 지쳐 쓰러지지 않았네

수평선 위에 떠 있는 섬,
섬이 바라다보이는 꽃밭에서
그대의 이름을 부르며
못다 한 말 한마디 남아
붓꽃처럼 푸른색으로 쓸쓸히 울었네

아직도 그대는 구름 속에 떠 있고
얼마나 기다려야
얼마나 눈물을 닦아 내야
회한의 바다를 건너서
내 속에 항상 떠 있는 외로운 섬
그대의 섬에 언제 갈 수 있을까

제2부

다시 만난 새벽

바람에게

바람은
누구의 계시啓示도 없이 살아나
초록 댕기 같은
하늘빛 치마폭에 쌓인 채
떠나간 구름의 그림자가 아닌가

바람은
밤의 창틀 속에 갇혀
달아날 출구를 잃고
서성대는
사랑 같은 그런 속삭임이 아닌가

바람은
가고 싶은 길을 따라
성벽 속에 파랗게 돋아난
잎새를 따라 울고 있는
감미로운 그런 음악이 아닌가

귀여리歸麙里 1

소낙비가 한 자락 스친 뒤
호수에 떨어진 햇살은 눈 부셔라
은빛 치마폭을 살짝 걷어 올린
춤사위에 정갈한 여인의 자태라 할까

겹쳐진 정암산正岩山이
산 그림자로 느릿느릿
신령神靈으로 내려와
날개 접고 누운
짐승의 형상이라고나 할까

비단 꽃길 따라 귀여교 건너
절정의 아름다운 연꽃밭
비에 젖어도 강물은 흐르고
바람도 떠나기 싫어
잠잠히 머물러 있다

조선백자가
숨죽이고 누워 있는
팔당 물안개 공원,
탁하고 습진 풀밭에
외가리가 온종일 쪼아대고 있다

산자락에 펼쳐 놓은
낙조의 노을 길은
상등上等의 화폭畵幅인데
작은 바람에도 물살은 일고
상처 난 꽃들이 지천으로 피었다

유채꽃 길 따라
어디를 걸어도 다시 만나지는
귀여정歸歟亭*이
세상의 소란을 피해
한가롭게 서 있다

* 귀여정은 조선조 중종 때 대사간을 지낸 한승정이 귀여리
  로 낙향해 지은 정자임

귀여리歸歟里 2

귀여리에 오셨네요
숨이 차게 기다렸어요
보여 드릴 것도
걷고 싶은 꽃길도 너무 많아요

꽃을 보고
울고 싶었나요
외로움이 무거워서
끝없이 걷고 싶었나요

시린 마음으로 걷지 마세요
아픈 마음으로 오지 마세요
추억의 반지를 끼고 걸어오세요

청류의 마음으로 걸어오세요
꽃 한 송이 품고 걸어오세요
그리운 사람의 이름도 불러 보세요

조선백자가
숨죽이고 누워 있는 귀여리 길
귀여정이 서 있는 곳으로
발길을 옮겨 보세요

귀여리歸歟里 3

귀여리에 봄이 내렸다
죽어 있었던 고요에서 봄 신神이 강림했다
물길을 따라 꽃길이 열리면
새 우는 소리도 다르게 들리네

봄꽃이 그리우면 귀여리로 오라
사랑으로 목이 타거든 귀여리로 오라
무성한 꽃 앞에서 눈물을 보이지 말라
꽃잎 하나 지면 봄이 간다고 하지 않던가

귀여리歸歟里 4

꽃비가 내리는 봄날
추억의 저편에서
그대가 조용히 꿈길을 걸어오시네

호수가 잔잔히 흐르고
안 보이던 별이 보이고
그대가 꽃으로 피어나
사랑을 습작習作하며
꽃처럼 흔들리며 우네

가을 연가戀歌

가을엔
너의 이름을 지우려고
원대리로 가는 기차를 탄다
그러나 너를 만날 수 있을 것 같아
자꾸 뒤를 돌아보곤 했다

가을엔
오랫동안 잊고 지냈던 너에게
편지를 띄우고 싶어
먼지가 소복이 쌓인 꾸러미 속에서
다 꾸겨진 편지를 찾아내
소리 내어 읽어 본다

팔당 호수가 내려 다 보이는
7번 테이블에 앉아
말없이 너의 눈빛만을 바라보았던
그 카페에서 너의 시를 낭송해 본다

아픔이 없는 사랑이 있을까
상처가 없는 사랑이 있을까
그늘이 없는 사랑이 있을까
가슴에 패인 상처를 지우지 못해
회상回想의 숲속을 거닐어 본다

가을엔
코스모스가 핀 간이역
추억의 빈칸을 채우며
기차가 들어오고

너와 앉았던 빈자리
한 마리 새가 되어
너를 기다린다

다시 만난 새벽

코로나 속에 당신이 죽었다는 소식을
나는 믿을 수가 없었다
당신을 남모르게 사랑하고 있었으므로
죽었다는 소리는 정말 내게 거짓말이었다

나는 눈물이 나오지 않았다
머리를 감고 아직도 덜 자란
손톱을 깎고
다 지난 신문의 사설을 읽고 앉아서
설마 당신이 갔으리라는 생각은
꿈에도 하지 않았다

오전에는 베란다에 놓인 난에
물을 넘치게 주고
다시 싹이 돋아나
나를 놀라게 할 것만을 생각했다

당신이 이승을 떠났다는데도
기차는 종착역을 향해 달리고 있었다
장독 위에 눈이 조용히 쌓여가고 있었다

어머니 1

활짝 핀 벚꽃보다
흩날리며 낙하하는
꽃잎에 더 눈길이 간다

텃밭에 모종 내고
봄 돌아와 구실마을
매향 향기 따라
가버린 어머니

나와 오래 살고
싶어 했던
어머니를 모시고
별나라로 가고 싶다

어머니 2

어머니 영정影幀을
내 침대 머리맡에 걸어 놓고
일상의 먼지를 털 듯
외출에서 돌아와
다 무너져 내리는
어머니 허리를 잡고 잠이 듭니다

어머니가 꿈길에서
오늘 하루, 길 아닌 길을 걸었다고
책망하십니다

눈물로 적신 밤을 지새우며
기도했던 어머니
이제사 바람이 몰고 온
등불이 보입니다

산행 山行

길이 없다고
산을 내려오지 말라
길이 보이지 않거든
길을 열고 오라

산길이 열리면
굴곡의 길 가지 말고
곧은 길 따라
어둡기 전에 내려오라

더 오를 길 없거든
그리움이 소진되기 전에
꽃 한 송이 들고 손님처럼 내려오라

봄날 예찬禮讚

봄날은 너무 아름다워 슬프다
하늘에서 축복처럼 봄비가 내리고
나무 잎새들은 음악을 연주한다

겨울이 무너져 내리고
한 줌의 흙 속에서
우주가 탄생하는 것은 충격이다
봄꽃을 보면 마구 가슴이 뛴다

봄날 속에 산다는 것은 더없는 행복이다
봄 하늘은 장엄하고 아름답다
원래 지구는 봄의 나라다

누워 있던 풀잎이 걸어 나오고
낙엽이 떨어져 나가도
나무는 영원처럼 사는 것을 확인했다

강남 산책散策

오래전
아주 오래전,
구석기로부터 청동기까지
강남은 한강 유역의 비옥한 농경지,
선산 문화의 요충지로 자리했었네

대모산과 구룡산의 북서쪽 기슭
양재천 남북, 천연의 구릉
광주평원을 터전으로
옹기종기 마을을 이뤄 살았었네

한강이 응봉 마을 앞을 흐르고
압구정의 옥고 마을 뒷산
저자도의 맞은편 언덕
한명회가 바라보던 압구정은
한 폭의 수려한 동양화
겸재 정선의 화첩에도,

기대승의 한시에도 적혀 있다네

강남은 역사 속을 걸어야 할 길이
너무도 많은 동네
고대 성곽의 대모산성
한성 백제의 삼성리 토성
역삼동의 청동기 주거지,
개포동의 남방식 고인돌 무덤
호국 불교의 요람 봉은사까지
역사의 향기 속을 거닐어 봐야 하네

강남을 사랑하는 이여!
역사의 푸른 이끼가 낀
선정릉, 왕조의 풍상 속을
눈물을 뿌리며 산책도 해 보아야 하네

가을 엽신葉信

가을엔
모든 잃어버린 기억들도,
떠나간 사람들의 얼굴도,
사랑의 엽서처럼 찾아내
수채화로 스케치해야 한다

가을엔
추억의 저편,
그대가 꽃으로 피어나
조용히 걸어오시는
회한의 언덕에도 올라가 보아야 한다

가을엔
새살처럼 돋아나는
상흔傷痕의 상처를 지우고
끝내 부치지 못했던
사랑의 편지를 띄우고 싶어라

이별 예감

하늘 밭 자리를 펴고
새는 날개를 접었다
육신도 쉴 곳 없어지면
저녁 산사山寺에
떨어져 뒹구는 낙엽 한 잎

죽음과 삶의 한 가운데
어느 산자락에서 손짓하는 이여!
심간心肝의 아픔을 딛고
막장 속으로 떨어져 내리는
꿈을 꾸었네

꽃 한 송이 뿌려 놓고
이별을 준비하는 사이,
지워진 기억 속에 상처는 돋아나고
바다는 파도 소리를 내며 울었다

추일 미음 秋日微吟

가을밤엔
낙엽에 불이 타오르는
산가山家에서
연좌宴坐하며,
등불이나 돋우고,
고서古書를 읽는 것이 멋이네

아니면 내 젊은 날
상심傷心의 가슴을 앓았던
회상의 숲속을 거닐며,
짙은 크레용으로
가을 비감을
채색彩色해 보는 것도 좋을레라

이맘때쯤 가을 풍속은
여름의 뜨거운 바다에서
떠날 채비를 한다지만

가을을 아는 사람들은
쓸쓸히 돌아서지 않는다
회상의 강변에 사랑의
메시지를 띄울 뿐…

춘설 등반春雪登攀

춘설이 내리는
3월 한낮은
속진俗塵을 훌훌 털어 버리고
등반登攀하는 게 멋이네

겨우네
눈길로 덮인 산간을
봄의 빗장을 열고 나서면
왈칵 쏟아지는
음악의 선율旋律

이맘때쯤
바람 소리로 가득 찬
도봉산 길을 오르면
잊혀진 사람들이
성큼성큼 뒤따라오는
착각의 일순一瞬

봄눈이 내리는
3월 한낮은
신선한 채색의
판화版畵 속을
동반하는 것이 멋이네

사랑하지 말아다오

때로는 처음 만나던 때의
설렘으로 떨리고
둘이 함께 있으면
온 세상이 충만으로 빛났던
눈물겨움도 있어라

사랑은
아무리 뜨거운 눈길 속에 있어도
불타는 갈증으로 남아
누구도 잠재울 수 없는
두 사람만의 거리

이승 떠나면서도
마지막으로 부를 사람아!
하늘을 두고 버릴 수 없는 사람아!
확인하고 싶은 비밀을 접어두고
제발 사랑하지 말아다오 사랑이여!

겨울나무

나무는 겨울 바람을 탄다
나무는 겨울 음악을 연주한다
나무는 짙은 색감으로
겨울 판화版畫를 그린다

겨울나무 아래서
위태롭게 흔들리는
초록 댕기의 몸짓,
수인囚人의 결박 같은
수액樹液의 눈물을 보았다

바람이 불 적마다
불길한 까마귀는 날고
그리운 봄을 기다리며
겨울나무는 끝내 날개를 접었다

고양이

늘상 비어 있는
내 시골집 귀여리에는
고양이가 집을 지킨다

어디서 왔는지
누가 키우는지
언제나 내 집 대문 앞에
웅크리고 앉아 집을 지킨다

내가 가는 날에는
슬그머니 비밀을 들킨
사람처럼 자리를 뜬다

내가 머무는 동안
고양이는 보이지 않는다
어디로 가는 것일까

가는 곳을 묻지도 않고
돌아오기만을 기다리지만
내가 있는 동안 돌아오지 않는다

내가 집을 비운 사이
어김없이 빈집에
수문장처럼 집을 지킨다
CC-TV보다 더 잘 집을 지킨다

과욕의 늪

단칸 셋방도 없이
신접살림을 차려
남의 눈치를 살피며
살고 있을 때,
내 집 한 칸 마련하면
소망의 끝으로 알았는데,

평생에
한 권의 시집 묶어 놓고
죽었으면 원 없다고
소망했는데,
다섯 번째 시집 상재上梓한 뒤
더 없는 과욕의 늪
앞으로 한 십 년쯤 더 살아
더 좋은 시 남기고 싶은
과욕의 멍에를 벗어던지지 못하고

집도 있고
인형 같은 아들딸도 있어
세상 큰 부러움 없이
살게 되었는데도
나는 과욕의 늪 속에서
헤어 나오지 못하고 사네

이 오열의 파도를 누가 잠재우랴
—'이산 가족을 찾습니다'에 부쳐

오랜만에, 실로 오랜만에
우리 한겨레, 한 핏줄
뜬눈으로 밤을 새우며 한 목소리로 울었다

핏줄이 끊긴 이 아픔을
우리가 치른 비극의 상처를,
겨레의 아픔이 봇물처럼 터져
통한의 냇물이 되어 흘렀다

혈육의 갈증이 이처럼 깊이,
혈맥의 단절이 이처럼 크게,
천륜의 고통이 이처럼 쌓여
우리의 가슴에 핏빛 자국으로 남아
오랜만에, 참으로 오랜만에, 진실한 마음으로
울었다

며칠째 계속되는 장맛비에도

겨레의 열기는 식지 않고
하늘 같은 감격들이 활활
불기둥으로 솟아올라
때로는 미친 듯 뒹굴며,
때로는 말을 잃고 서서,
핏줄이 터지는 오열의 파도가 일었다

어둡고 시린 수난 속을 살아온
너무도 많은 좌절과 상처,
슬픈 전흔戰痕이 피맺히게 깊게 파인 것을
우리는 겨레의 이름으로 증언했다

벽보는 빗물에 젖고
피맺힌 사연은 눈물에 젖어
여의도 광장에 흩어져 날리는데,
이 고통을 준 자가
이 오열의 파도를 잠재워야 한다

죽은 자보다 더 처절한 이산離散의 물결이
북녘땅, 그곳에도 무언의 함성으로 들려오는데,
이젠 어떤 구실도,
어떤 조건도,
어떤 변명도 거두어,
겨레의 진실 앞에
이 오열의 파도를 잠재워야 한다

* 1983년 7월, KBS 텔레비전 특집 방송에 방영

신년송 新年頌

새해 아침의 햇살은
유난히 눈이 부시다
침착하라
설렘과 기다림 속에
모든 것이 과거로 흐르고 있다

새해에는
시작하기 좋은 꿈들로 채워져
결실에 닿지 못하더라도
뒤돌아서지 말자

그리운 눈동자를 남기고
떠나간 사람들의 정원을
거닐며
눈물보다 더 깊은 사랑을
떠올리며 살아갈 일이다

무성한 잎들이 낙엽으로 쌓이고
소리 없이 눈은 내리는데
남은 시간에 우리가 할 일은
잊고 지냈던 사람에게
편지를 띄워야 한다

세찬 바람은 불어오는데
사랑의 향기가 나는
사람이 곁에 있다는 것은
얼마나 가슴 설레는 일인가

세상에서 제일 아름다운 꽃이
당신이기를 바라며
돌아오지 않은 기차를 기다리는 건
얼마나 벅찬 일인가

땅이 끝나면 바다가 펼쳐지고

밤이 지나면
새벽이 찾아오듯이
사랑하는 사람의 눈을 바라보며
건배의 잔을 가득 채워갈 일이다

'죽으면 죽으리라'

—광복절에

해마다 8월이 오면
우리는 흔들고 싶은 깃발이 있다
모국어로 부르고 싶은 노래가 있다
죽어서 영원히 살아남은
사람들의 맥박이 뛰고 있다

일제의 쇠사슬을 끊으며
'죽으면 죽으리라'는 순국의 신앙으로
집집마다 빗장을 풀고
만세로 나라를 지켰던
민초들의 함성도 들려온다

낮의 통행금지 속에 갇혀
가슴을 움츠리며 살았던
식민지의 아침
총검으로 정의를 겨냥했던
무리들은 가고,

역사는 언제나 진실을 증언했다

빼앗겼던 우리의 땅과 하늘,
우리의 자존, 우리의 의지를
황지의 풀잎처럼 일으켜 세워
다시는 어둡고 부끄러운 역사를
살지 않아야 한다

지금은 8월,
불기둥 같은 감격으로
슬프고 시린 아픔을 되새기며
항상 눈동자 같이 깨어 있어야 한다

세종世宗의 노래

해마다 시월이 오면
우리는 모국어로 부르고 싶은
자랑스런 노래가 있다

낮은 목소리로
목이 메이도록
때로는 목이 터져라
온 누리에 부르고 싶은
세종의 노래가 있다

어린 백성들에게
어두운 밤길을 밝혀준
겨레의 말,
영혼의 언어로 하늘 문을 열었다

우리의 땅, 우리의 하늘,
우리의 자존, 우리의 의지로

오대양 육대주에
세종의 노래를 불러야 한다

천상의 거소居所에서
─백철白鐵 선생님 영전에

우리는 만나는 자리에서
떠날 준비를 서둔다지만,
당신은 마침내
신의 부르심에 소곳이
고개 숙이고 순응해
우리 문단의 친구와 후배,
혈맥을 잇는 가족들이 모여
당신을 송별하는 이 아침
무거운 침묵이 흐르고 있습니다

지금 이 아침,
우리는 거목의 의지도 헛되이
가을 하늘을 잃어버렸지만
불모의 땅 위에 황지의 풀잎처럼
평설評說의 씨앗을 뿌리며
살아가는 지혜와 철학과 학문을
뜨겁게 뜨겁게 교훈해 주셨습니다

암울한 시대를 살면서
막힌 언로言路의 물꼬를 트며
날카로운 필봉筆鋒의 깃을 세워
정연한 논리를 펴셨던 분이십니다

당신 있는 곳에 진리가
당신 있는 곳에 화합이
당신 있는 곳에 신뢰가 쌓여
역사의 새벽을 열었던 은사였습니다

이제 천상의 거소居所에서
거목의 자리를 접으시고
휴화산처럼 정려한 마음으로
세상의 오욕, 다 잊으시고
편안히 잠드시옵소서

* 평론가 백철 선생님의 영결식장에서 읽었던 조시.

제3부

형형색색
—사행시四行詩 44편

봉은사

봉은사 현판 앞에 서면
추사秋史의 헛기침 소리 들리네
굽은 나무 딛고 바라본 해남 밤바다,
세한도에 찬 바람이 분다

간이역

완행열차가 간이역으로 들어오네
승객 한 사람 내리고
깃발 든 역장 한 사람 서 있고
소나무 한 그루 서 있네

겨울나무

겨울나무는
잎이 다 떨어져 나가야 성숙해진다
나무속에는 하늘조차
모르는 비밀이 들어 있다

첫사랑

손톱을 깎다가
떨어져 나간 살갗 속에서
그녀를 만났다
상처가 없는 사랑이 어디 있으랴

아이가 없다

"아버지가 없는 세상이 온다
아이들이 없는 세상이 온다
미술관에 왜 여자가 혼자 갈까
지구가 텅텅 비워간다"고 공감이다

복수꽃

즐건 봄
첫 손님 복수꽃
오메! 초록빛 실비 타고
간지럽게 오셨네 (피는 것은 다 아름답다)

남원길

박초월朴初月의 생가에서
'제 소리 가지 가시오'
산과 들과 내를 따라
판소리로 꽉 찬 남원길을 걸었네

밀키

불란서 깐느 시내
강아지 용품 코너,
'내 개는 애완동물이 아니고 내 식구다'
내가 키우는 밀키도 우리 식구다

아내여

내 깊은 속의 말
한 번도 건네지 못했네
흘린 눈물 그대로 두고
어떻게 울까, 미안하고 고마운 아내여!

허탄虛誕

하늘을 가리고
지은 내 죄가
구천을 무적無迹하게 돌고 있네
하느님! 용서하시옵소서

팔당호수

수몰시킨 뒤
절정의 아름다운 호수가
투명한 햇살로 빛나고
바람도 떠나기 싫어 잠잠히 머물러 있네

기도

견딜 수 있는 아픔만 주십시오
그리워할 수 있는 아픔만 주십시오
어머니를 부를 수 있는 아픔만 주십시오
하느님을 내 속에 품고 살 수 있는 아픔만 주십시오

노인의 눈

아프지 않으면 건강하다던가
노인의 눈은 깊고도 넓다
멀리 보이지 않는 것도 다 본다
마음은 더욱 아프다

목이 없는 말[馬]

화가 김점선이 그린 말 가운데
목이 떨어져 나간 말이 좋다
웃는 말 타고 하늘로 올라간 뒤
눈물이 붓꽃에 말라붙었다

옥탑방

옥탑방,
오르내리는 계단 위에
내 영정影幀을 걸어 놓고
이승과 저승을 수없이 오르내린다

갈증渴症

갈증 속에 목마른
나의 예술이여!
수만 마리 거위가
연못 속에 빠져 죽었다

금사교

누군가 죽도록 그리우면
팔당의 문지방,
금사교 위에 서서
그 이름을 불러볼 일이다

낙엽

아름다운 꽃잎도
지고 나면
젖은 행색으로 쓸려와
그리운 사연들이 비밀로 묻혀 버렸네

귀여리 길

조선백자가
숨죽이고 누워 있는 귀여리 길
불타는 노을, 호수에 떨어지는
햇살이 상등上等이구나

성산포

성산포 해돋이를 보러 갔다가
바닷속의 갈증, 세찬 바람
한 짐 지고 돌아왔네
일출은 구름에 가려 보이지 않았네

야 놈! 야 놈!

야 놈! 야 놈!
이쁘다 이쁘다
괜찮다 괜찮다
하늘로 소풍 떠난 상병이 내게 건넨 말

봄꽃

봄꽃들이 비명을 지른다
낭자하게 쏟아지는 선혈鮮血
힙합의 노래 소리도 들렸다
꽃이여!

수유리

백운대가 보이는
수유리 살 때
연탄 갈고 물짐 지고,
세상은 온통 땔감으로 보였네

운명

팔당 호수가 보이는
7번 테이블에 앉아
〈운명〉과 〈행복〉 중 운명을 듣는다
운명이여 오라! (운명을 이긴 사람은 아무도 없다)

상처

잊어버리자고
수없이 다짐했는데도
가을이면 새살처럼 돋아나
내 가슴에 깊이 패인 아픈 자국

치매

새벽에 자고 일어나면
식탁에 약봉지가 수북이 쌓여 있고
약을 먹고서도 두 번 먹기 일쑤,
치매가 오나 보다

그리움 1

원대리로 가는
기차 안에서도
너를 만날 수 있을 것 같아
몇 번이고 뒤를 돌아보곤 했네

그리움 2

역에 나오면 그대가 보인다
육십 년이 더 걸린 기차를
아직도 기다리고 있다
사랑으로 목이 타 거던 동학사로 오라

울고 있는 호수

기상예보는 쾌청이라 했지만
저녁엔 폭설이 내렸다
기차는 멈춰 서 있고, 바람은 불고
호수는 푸른 빛으로 울고 있네

예금통장

나에게는 예금통장이 없다
아내는 통장을 많이 갖고 산다
아내가 기도하러 성당에 간 사이
나도 통장을 갖게 해 달라고 기도했네

봄날은 간다

‘立春大吉 建陽多慶’을 써 붙이고
돌아서는데 문자 메시지가 왔네
회원 ×××별세,(신촌 세브란스 영안실)
장사익의 ‘봄날은 간다’를 불렀다

하느님

하느님!
왜 쓸어 버리지 않고 두시는 거에요
불의不義한 자들이 형통한 것을
두고 보시기만 하세요 원망스러워요

사랑

사랑할 줄 아는 사람과 사랑하라
사랑하는 사람을 가지려 하지 말라
언제나 떠날 준비를 해라
사랑은 내 안에 있어도 그리운 섬이다

송도 앞바다

모래사장에 찍힌
당신의 발자국을 찾으려
결별했던 송도 앞바다에 나갔네
수심水深은 깊어 흔적도 없네

손자

분만실에서
손자를 처음 만났던 순간,
어디서 보았던가! 저 녀석을
어디서 만났던가! 저 녀석을

집착

내 평생,
치유될 수 없는 지병持病은
헛된 꿈으로 점철된
집착執着이었네

비우기

나이 더할수록
채우는 것 보다 비우는 것이
더 어려운 걸 몰랐던 철부지
어리석은 내 자화상自畵像!

외할머니

내가 세상에서 제일 좋아했던 여자
남편을 고를 권리가 없었던 여자
할머니의 꿈은 아이를 많이 낳는 일
들어오지 않은 남편을 밤새 기다린 여자

고향

나는 서울식 통화에 익숙해져
고향 친구의 얼굴을 잊었지만
어디서 만나도 너는 항상
너그러운 품으로 다가오네

분노慎怒

4·19의 최루탄 가스가
아직도 내 몸에 스며 있다
때로는 분연히 일어나
광화문 광장을 질주하고 싶은 분노여!

방목放牧

때로는 내 늦은 밤의
귀가를 성토하는
아내의 눈물 속에 빛나는
가냘픈 자유여!

바람

바람은 조용히 음악을
다스리는 수목樹木곁에서
다갈색 손짓을 남겨둔 채 떠나간
초록 댕기 같은 유흔遺痕 같은 거

사랑

사랑이여!
그리움이여!
그렇게도 아팠던
그 불가해不可解의 오진誤診

자존심

척추 4, 5번에서 진통을 시작하더니
무릎관절로 내려와 일어설 때마다
의자를 붙들고 어유 소리를 낸다
내 몸의 자리마다 자존심이 무너져 내린다

제4부

김점선 화가를 그리다

점선뎐

돌잔치상을 받고
연필을 치켜든 사진 속의 남자아이,
점선은 처음부터 남자로 태어났다

목욕할 때 문을 활짝 열어젖히고
음악을 크게 틀어 놓은 채
물이 마를 때까지 자판을 두드렸다

머리는 언제나 단정한 게 싫어
좋아하는 까치집으로 살았다
점선의 전생은 선인장이었다

할머니 제사상에서
조상들이 음식을 먹는 사이
아르뮈르 랭보의 지방을 써서
정성을 들였던 여자.
해를 거듭하면서 베를렌, 말라르메,

보들레르의 지방을 추가하여
우리 설날 차례상을 갖다 바친 여자
누구에게도 들키지 않았다

3

점선은 한 시간 만에 결혼했다
노래 잘하던 청년의 소리 한마디 듣고
〈나하고 결혼하자〉고 청혼했다
그날 밤 우이동 골짝 다 떨어진
여인숙에서 첫날밤을 보냈다
그 청년의 성씨가 김가인가는 나중에
알았다

가난하고 집도 절도 없는 결혼생활
풀 뜯어 먹고 정부미 먹으면서
종일 그림만 그렸다.
결혼은 허영도 망상도 타락도 아니었다

4

김점선은 미혼모 때 가장 빛났다
아들 결혼식을 끝내 반대한 여자
시누이한테 전화 걸어
'광산 김씨가 결혼하는 날인데 왜 안동김씨를

.

괴롭히느냐'고 항의하고 모든 걸 시누이한테
떠넘겨 버렸다
결혼식 날 신랑 부모 자리에 시누이 내외가
앉아 절을 받았다

5

점선의 집에는 세 사람의 독신자가 산다
남편, 아들, 점선
누구도 간섭하지 않고 간섭받지 않고 산다
아주 편하게 내 버려두고 산다

점선의 아들은 미술 재료들을 자연스럽게 다루고
산다
그림물감, 진흙, 석고, 가죽, 필름, 비디오, 컴퓨터
까지다
아들이 처음 그린 그림에다 '이건 위대한 작품이
다'라고 써 붙였다

6

점선은 학교를 싫어했다
학교 교육이 없으면 사람은 더 훌륭해진다는 지론
을 갖고 산다
아들에게 학교를 안 다니는 행복을 이야기했고

학교 숙제를 하지 않도록 타일렀다
아들은 김점선의 교육법을 따르지 않고
방에 엎드려 숙제를 하고 학교를 갔다

                    7
점선은 뜨겁고 여린 사람,
아름다운 꽃을 보면 그 꽃 앞에서 뜨겁게 울었다
어느 날 새벽, 입원해 있던 병원에서
사라져 난리가 났는데 링거를 꽂은 채
집에 가서 시들은 꽃에 물을 주고 와
태연히 웃고 있던 여자

                    8
세상에 김점선의 그림만큼 재미있는 일은 없다
초등학생의 낙서처럼 유치한 그림이 더 좋다
말들이, 오리가, 꽃들이, 집들이 반복해서
세상을 뒤집고 다니고 꼭 점선처럼
아무 데서 유턴하는 이벤트가, 퍼포먼스가
너무 재미있다

김점선의 삶은 한 편의 드라마다
한 사람쯤 없어서는 안 되지만 둘이 있어서는
좀 곤란한 사람이다 (정민 교수)

9

점선이 색동옷 입고 하늘로 돌아간 날,
나는 힘이 빠져 아무 일도 할 수 없었다
목이 부러진 말을 붙들고 한참이나 울었다
아름다운 꽃 앞에서 뜨겁게 울었던 여자

베를리오즈의 환상교향곡을 수백 번
들으면서 오십견을 앓으며 종일 그림만
그렸던 여자
언제 다시 만날 수 있을까

김점선 화백 1

내가 암울한
세사世事에 지쳐
깊은 바닷속으로
침몰하고 있을 때

모두를 멀리하고
여장을 꾸려 어디론가
훌훌 떠나고 싶을 때

책을 읽다가 문득
잃어버린 고향 논두렁 길이
생각났을 때

서울의 근교
구리九里의 아천리 마을,
김점선金點善의
화실畵室은
내겐 좋은 피난처다

김점선의 좁은 화실에는
작은 스탠드에 항상 불이
켜져 있고

흐늘흐늘한 광목천,
도롱뇽알의 서투른
그림일기가
짙은 색감 속에
잠들어 있었다

김점선은 옷이 거추장스러워
벗고 사는 여자다
세상의 돌팔매에도
맨발로 사는 여자다
지창紙窓으로 가난을 가리고
살 때에도
풍요한 겨울 속을 살아온
천성天性의 화가다

이 화실에 오면
내 더러운 과욕을
떨쳐버리게 한다

심연의 내 고독도
부서져 내린다
내 자존과 교만도
벗겨져 나간다

세상살이에
숨이 차오르는
내가 부끄러워,
어둠이 짙어 오는
저녁나절에야 돌아온다

김점선 화백 2

둥근 능선이 그려진
몇 개의 산허리를 따라
모종한 꽃처럼
일렬종대로 꽃들이 피어 있다

이것은 말[馬]이다
아무리 그려도 말 같지 않아서
'이것은 말이다'라고 써서 냈다
오늘 미술 시간에……

그림은 일기다
그림은 교과서다
그림은 깃발이고 철학이다
그림은 끊임없는 의문이고
제 나름대로의 대답이다

나는 파라오 투탕카멘 회화에서
조선의 문인화에 이르기까지

눈을 밝히고 탐색을 하며
내 정신의 위기를 치유하러
김점선의 화실을 찾아간다

김점선 화백 3

김중만이 딱 한 사람 예술가로 치부한 여자
글을 천둥 번개처럼 써 버리는 여자
오십견 속에서도 24시간 그림만 그렸던 여자
머리 손질이나 거울을 한 번도 안 본 여자
평생 노숙자 패션으로 살다 간 여자
열심히 다른 짓을 하다 구치소를 드나든 여자

여름에도 겨울 외투를 입고 견디는 여자
서울 떠나 제주도도 안 가본 여자
아들 결혼식에 하객으로 참여한 여자
친절하지 않았던 세상을 원망하며
오히려 무시하고 살았던 여자

누구도 길들이지 못한 독야청청 야생마로 산 여자
아름다운 붓꽃 앞에서 뜨겁게 울었던 맘 여린 여자
나는 퇴폐할 자유가 있다고 큰소리친 여자
닭 볏처럼 깃털을 세우고 누구의 얘기도 듣지
않았던 여자

거지 같은 세상이 너무 아름다워서 슬프게 울었
던 여자
결혼은 허영도, 망상도 타락도 아니라는 여자
악마와 싸우고 거래를 해서라도
암 환자 남편을 살리고 싶었던 여자

점선은 남편을 앞세우고 웃는 말 타고 하늘로 떠
났다

* 김중만은 한국의 대표적인 사진작가로서 캄보디아 씨엠립
  근교에 권용태와 함께 김점선 미술학교를 설립하기도 했다.

고별告別

김점선金點善은 천성의 화가다.
사람들은 너의 기막힌 광채를 알지 못한다.
웃는 말 타고 하늘로 올라간 뒤
꽃은 지지 않고 피어나
나는 드디어 꽃의 이름을 외우기 시작했다.

김점선의 화실畵室에는 아직도
히치콕의 새떼처럼 새들이
온 방 가득히 날아오르고
오리, 거위, 붓꽃, 잠자리,
거기다 모질게 부러진 말의 허리까지
소름 끼치는 액자 속에서 자유를 만끽하고 있었다.

미안하다(부끄러워서)
차마 꺼내어 말하지 못할 말,
위대한 속물俗物로 무릎 꿇지 말고
기도하며 살라고 했던 독선을 후회하며,
내 그리움의 진원지가

저 낙조落照속에 불타고 있는
너였음을 이제사 알았다.

* 화가 김점선은 내 처남댁으로 2년간의 암 투병을 하며
  의연하게 살다 2009년 3월 22일 63세를 일기로 하늘로
  돌아갔다

김점선을 사랑하는 문인들의 말, 말
－2013. 11. 5. 추모 4주기 기념전(문학의집 서울)

박완서 소설가

나는 그 여자처럼 고정관념으로부터 자유로운 여자를 본 적이 없다. 아무도 그 여자를 길들이지 못한다. 그 여자는 어떤 권위도 인정하지 않으니까.

사다리를 놓고 대작을 그리는 것이 꿈인 김점선에게 오십견이 왔다기에 당분간을 그림을 못 그리려니 했다. 그러나 웬걸, 그 여자는 컴퓨터를 이용해 수백 점의 그림을 그렸고 그 여자 특유의 막강한 입심까지 곁들여서 한 권의 책으로 내놓으려 하고 있다. 신기한 일이다. 제한된 화면에 손끝으로 그린 그림이라고는 믿어지지 않게 그 여자의 참을 수 없는 광기가 좁은 화면에 갇히기를 거부하듯 마음껏 분출하고 있으니….

최인호 소설가

내가 아는 김점선은 황금의 점과 선으로 이루어진 야생마다.

이런 미친 말이 우리의 삶을 짓밟고 다니는 것은

유쾌한 일이다.

광란하라 점과 선이여,

우리의 곁에서 마음껏 춤추라.

김용택 시인

선생은 내게 혜성처럼 나타난 화가였다. 어느 날이었는지는 모르겠지만, 선생님의 글과 그림을 나는 느닷없이 보게 되었다. '오십견 어깨 통증' 때문에 그림을 손으로 그리지 못하고 컴퓨터로 그린다고 했는데, 말과 산과 새들의 그림이 많았다. 나는 선생님의 그림에 반했다. 그리고 선생님의 거침없는 글을 보기 시작했다. 선생님은 막힌 것이 없어 보이신다. 진정한 예술가들이 세상에 거침없이 자기의 생각을 예술로 질주시켜 새로운 세계를 보여 주듯이 선생님도 그러하셨다.

『10cm 예술』이라는 책이 나왔을 때 나는 단숨에 그 책을 다 읽었고, 그림들은 보고 또 보곤 했다.

이근배 시인

구리 박완서 선생댁에 가면 김점선 화백의 그림이

걸려 있었다. 이중섭, 박수근, 김환기, 천경자의 뒤를 잇는 선과 색채로 쓴 시였고 소설이었다. 신의 세계를 훔치는 감성과 재능을 가진 탓으로 요절하고 나서야 나는 그의 유작과 그에게 쏟아부은 시인, 소설가들의 글과 김중만 사진작가의 사진을 모아 〈김점선 그리다〉 추모집을 엮는 일을 할 수 있었다. 새로 만난 하늘나라에서 박완서, 최인호, 장영희들과 못 다 그린 그림을 그리고 있으리라.

이해인 수녀, 시인

꽉 짜여진 틀 속에 법대로 사는 수녀와 틀을 배반하여 멋대로 사는 자유인 화가는 도무지 안 어울릴 것 같아도 만나면 즐거운 게 신기할 정도지요?

그래서 극과 극은 통한다고 하는 것인지. 돌아서면 이내 보고픈 그리움의 여운으로 자주 못 만나도 우리는 좋은 친구입니다. 나는 닭띠, 너는 개띠 연년생 자매입니다.

신발에 꽃을 단 이상한 옷차림의 점선과 단정한 수도복의 해인이 나란히 걸어갈 때 대학로 사람들이 힐끔힐끔 쳐다보았지요. 수녀가 환자를 병원에 데려가는 줄 알겠다며 유쾌하게 웃었던 그날 생각나지요?

정호승 시인

선생은 평소에 잘 웃지 않는다 아무리 봐도 웃는 얼굴하고 있는 모습을 찾기 힘들다. 웃을 듯하면 찡그리고 찡그린 듯하면 무표정이다. 어떤 땐 진지하면서도 진지하지 않고 진지하지 않으면서도 진지하다.

그러나 선생의 말 한마디 한마디마다 웃음이 묻어난다. 나는 선생과 이야기를 나누다가 결례가 될까 싶어 "으하하하" 하고 큰 소리로 웃지는 못하지만 속으로 박장대소할 때가 많다.

윤후명 소설가

헤이리에서 만난 어느 날, 그녀는 스스로 글을 쓰고 그림을 곁들인 동화책을 건네주며 내게도 한편의 동화를 부탁했었다. 내가 동화를 쓰고 그녀가 그림을 그리면 좋겠다는 것이었다. 처음에는 예우상 그러려니 하고 별생각이 없었다. 그러나 거듭 만나기도 하고 또 전해오는 말을 들으니 글이 오기를 기다리고 있다는 것이었다. 나는 부랴부랴 쓰지 않으면 안 되었다. 엉겅퀴 꽃에 대해서 쓴 동화였다. 자기만의 특별한 의미가 있고 꽃이 세상에서 제일 예쁜 꽃이라고 내용을 담은 이 동화는 뒤늦게 김점선에게

전달되었다. 이제 나는 '뒤늦게' 쓴 내 글을 원망하지 않으면 안 된다. 그녀는 기다리던 내 동화를 읽고서는 붓을 들지 못했다. 병은 깊어졌고, 그녀를 일으켜 세우지 못했다.

장영희 수필가, 번역가

선생님의 그림은 한마디로 아름다운 색채의 시이다. 파격적이고 강렬하면서도 따듯하고 밝고 유쾌하면서도 환상적이고 대담하고 단순하면서도 섬세하고 재미있고 순진무구하면서도 어딘지 모르게 애잔하고…

가만히 보고 있노라면 이제껏 부끄러워 말 못하고 가슴에 숨겨놓은 이야기를 제게만 해 주겠다는 속삭임이 들리는 것만 같다.

권용태 시인

독야청청, 자유로운 야생마!

시대가 품을 수 없었던 화가 김점선

세상을 무시하고 비웃으며 웃는 말 타고 하늘로 올라간 사람

독특한 그림과, 자유로운 언행, 멋진 에세이들로 기억되는 김점선을 문인들이 가장 사랑했다.

김점선이 떠난 세상은 너무도 조용하고 적막하다.

복닥거리고 사는 우리를 내려다보고 뭐라 크게 외칠 것만 같다.

세상이 멋대가리 없이 흘러가고 있을 때 나는 더욱 그가 간절히 그리워진다.

해설

서정의 복원과 기억의 재현

김봉군

문학평론가 · 가톨릭대학교 명예교수

1. 여는 말

주지시, 이미지즘 시, 초현실주의 시로 포괄되는
모더니즘 시는 낭만적 감정 분출의 에너지를 긍정
적으로 조율하는 데 기여했다. 1930년대 이후 우리
서정시는 전통시, 순수시, 모더니즘 시, 리얼리즘 시
로 분화, 발전해 왔다. 변고는 1976년대에 일어났
다. 『창작과비평』파의 등장으로 우리 서정시는 비판
적 리얼리즘 내지 사회주의 리얼리즘의 파란에 묻혀
서정을 잃었다. 『창작과비평』파는 우리 서정시에 사
회의식을 수용하는 긍정적 기능과 함께 서정을 말살
하는 폐품을 만연케 했다.

문학 작품의 의식 지향은 ① 개인의식의 형이상학
적 지향, ② 사회의식의 형이상학적 지향, ③ 사회의
식의 형이하학적 지향, ④ 개인의식의 형이하학적 지
향의 네 갈래 양상을 보인다.

『창작과비평』파는 문학적 담론 일체를 ③에 국한

하는 자족적 폐쇄성에 갇혀 있었다. 1987년 정치적 민주화 이후 우리 시단은 『창작과비평』의 폐풍에서 자유로운 영토를 확보할 수 있었다. 서정시도 그 본령인 ①의 위상에 새로이 둥지를 틀었다. 문제는 자유시로서의 서정시가 '자유와 책임'이라는 정치적 명제 앞에서 혼란에 직면한 데 있다. 서정을 잃은 모더니티의 비정성非情性, 독자와의 문학 현상론적 소통 기제를 훼손하는 과도한 자유, 연상으로 인한 난해성, 산만한 시 형식 등으로, 우리 서정시는 새로운 폐품을 생성했다. 극난해시는 독자의 범접을 차단하고, 하이퍼시는 이질적 상관물들의 혼집混集으로 독자들을 난감케 한다. 서울시인협회가 1페이지 이내의 짧은 극서정시를 요구하고, 이해인·정호승·나태주 등 형이상학적 서정시나 지혜 터득의 시로써 독자들을 모으고 있는 것은 주목할 대목이다.

권용태 원로 시인의 시집 『그리하여 너의 섬에 갈 수 있다면』을 읽는 데는 이 같은 시학적 거대 담론을 지나칠 수 없는 까닭이 있다. 1937년생인 권용태 시인은 우리 현대 시단의 거인이요 스승이며 생생한 산증인이다. 권 시인은 1958년 『자유문학』에 「바람에게」, 「산」, 「기」가 추천되어 문단에 올랐다. 한때 저항적 참여시에도 관심을 보였으나, 그의 시의 주조는 신선한 감각과 고운 정서로 자연과 사랑의 본질을 추구하는 데 있다. 시집에 『아침의 반가反歌』, 『남풍에게』, 『북풍에게』가 있다. 1959년 『자유문학』에 평론 「신세대의 고발」을 추천받기도 했고 시 월평을 연재하기도 했다. 중앙방송국 방송해설위원, 『주간예술』 편집국장, 국회 문공위 수석전문위원, 한국문화원연합회장, 중앙대 강사 등을 지내며 우리 문화·예술계에서 중추적 역할을 해왔다.

권용태 시인은 '서정의 복원과 기억의 재현'이라는 독자들의 요청에 부응하여 새 시집 『그리하여 너의 섬에 갈 수 있다면』을 상재한다.

2. 권용태 시의 특성

권용태 시인의 관심 영역은 자연과 인간사에 그 초점이 있고, 역사·사회 문제와 존재론적 사유 등 다방면에 걸친다.

(1)자연

자연은 우리 서정시 소재 전통의 핵심 요목이다. 통합적 사고를 본령으로 하는 동양인은 인간과 자연의 합일을 지향하는 심리적 윤리를 섬겨왔다. 분석·대립적 사고에 따라 자연을 정복의 대상으로 보아온 서양인의 관점과 준별된다.

> 강은 화려한/ 앙천仰天에의 꿈을 접고/ 선율을 타
> 고/ 포말泡沫처럼 흩어지는/ 기억을 더듬었다
>
> 바람이 일고/ 원시림 같은/ 죽음의 정적을 넘어/강
> 은/ 설교자의 목에 매달린/ 수인囚人의 절박 같은 것
>
> 강은/ 수없이 박힌/ 상심傷心의 흔적을 따라/ 또
> 하나의 시련인/ 십자가를 지고 섰다
>
> —「강江」

  강의 원형 상징은 다양한 함의含意를 품고 있다. 자
연과 시간의 창조력, 시간의 불가역적 경과, 죽음과
부활, 소멸과 망각, 영원, 정화淨化, 덧없는 인생, 관조
의 대상, 은일자의 거처, 차안과 피안의 경계, 구원救
援의 현장 등이 그 요목들이다.

  이 시에서 강은 특이하다. 위안의 쉼터나 은일자의
거처, 관조의 대상이 아닌, 구원을 향한 통고痛苦의 실
유實有로서 떠올라 있다. 여기서 강은 자연 자체의 객
체로서 독립되어 있지 않고, 치열한 존재론적 실체로
서 체험된다. '설교자의 목에 달린 수인囚人의 절박'
으로 십자가를 진 존재다. 평생을 두고 회심回心과 구
원의 터전으로 삼고「그리스도 폴의 강」연작시를 썼

던 구상 시인의 모습에 오버랩된다. 우리 서정시사에서 처음 보는 강의 시학이다. 권용태 시인 특유의 '강의 형이상학'이다. 강이 치열한 자아상과 합일되어 있다는 뜻이다.

귀여리 내 안마당엔/ 꽃보다 풀이 무성하다./ 풀을 뽑다가도 허업虛業이구나/ 내가 너를 이길 생각을 하다니/ 시린 마음으로 벌렁 누워 버렸다

너의 이름을 아무리 지워도/ 뒤돌아보면 다시 되살아나/ 치열하게 살아가는 공존共存의 자유,/ 난장으로 다가와 나를 압도했다

서슬 퍼런 끈질긴 생명력에/ 비장한 각오로 수없이 도전했지만/ 너는 한 번도 지쳐 쓰러진 적 없이/ 언제나 나보다 한 발짝 앞서 걸었다

백기白旗 를 들고 너의 태풍 같은/집념 앞에 화해의 손길을/ 내미는 편이 행복하겠구나
                                                    —「풀을 뽑으며」

귀여리는 권용태 시인이 늙마에 찾아든 삶의 터전이다. 시인은 '풀 뽑기 일기'를 쓰며 새삼 지혜를 터득한다. 풀, 그것이 설령 잡초라 하여도 싸움이 아닌

공존이 진리라는 것이다. 공존과 화해, 행복의 진면 모라는 깨달음이다. 평온의 형이상학이다. "예술이란 그것이 무엇인가 하고 관조하는 자체다."고 한, 프랑스 평론가 생트 뵈브의 명언이 떠오르는 국면이다.

> 겨울을 이기고 숲을 이룬 나무여,/ 절정의 순간에도 침묵으로 선 나무여,/ 마지막으로 부르고 싶은 이름이여/ 나무는 자꾸 서산으로 기우는데/ 어떻게 울까/ 내 깊은 속의 말을/ 한 번도 건네지 못했네

> 착하고 선한 나무여,/ 혼자서 울 수 없는 나무여,/ 편안히 앉을 의자도 없이/ 파도 소리를 내며/ 나를 부르고 있네

> —「나무 – 아내에게)

나무가 아내와 동일시해 있다. '부부애'라는 3음절에 하나로는 다하지 못하여 열두 줄 시로 썼다. C. 브룩스와 R. P. 웨렌이 『시의 이해』 제4판에서 말한 바, 시의 말하기 방식(화법)a way of saying 중 들려 주기 telling와 보여 주기 화법을 병용하였다. 독자들과의 소통을 위한 텐션tension의 조절과 관련되는 무난한 표출 방식이다. 곡진한 부부애가 절절하다.

겨울나무는/ 잎이 다 떨어져 나가야 성숙해진다/
나무 속에는 하늘조차/ 모르는 비밀이 들어 있다
　　　　　　　　　　　　　　　－「겨울나무」

4행시 44편 중의 하나다. 상실과 성숙의 역설이 주
는 시적 아포리즘이 읽힌다. "나무 속에는 하늘조차
모르는 비밀이 들어 있다"는 진술은 비록 짧으나, 그
크기는 '뇌성 같은 침묵'에 갈음될 '그 무엇'이다. 시적
진술은 담백하나, 심미적 윤리의 무게는 만만치 않다.

수몰시킨 뒤/ 절정의 아름다운 호수가/ 투명한 햇
살로 빛나고/ 바람도 떠나기 싫어 잠잠히 머물러
있네
　　　　　　　　　　　　　　　－「팔당호수」

역시 추상적인 들려주기 화법과 구상화된 보여주
기 화법이 함께 구사된 4행시다. 제4행을 한 줄로 쓴
것은 어조tone를 켕기게 함으로써 이미지 표상성을
강조하기 위함이다.

조선백자가/ 숨죽이고 누워 있는 귀여리 길/ 불타
는 노을, 호수에 떨어지는/ 햇살이 상등上等이구나

154

4행의 단시에 귀여리의 긴 이야기를 담았다. 시각적 이미지의 보여주기 미학의 작은 결정結晶이다. '조선백자'의 고아미古雅美가 서사敍事를 싸안은 귀여리歸歟里다.

> '立春大吉 建陽多慶'을 써 붙이고/ 돌아서는데 문자 메시지가 왔네/ 회원 ×××별세,(신촌 세브란스 영안실)/ 장사익의 '봄날은 간다'를 불렀다
> ―「봄날은 간다」

문득 듣게 되는 누군가의 부음訃音, 노년에게는 남의 일이 아니다. 시간은 무심히, 인생도 무심히 흐른다.

(2) 사람

천·지·인 3재才는 완전성의 수다. 이를 하늘·자연·사람으로 치환할 수 있다. 서정시의 핵심 소재 중의 하나가 사람이다. 권용태 시인에게 사람은 어떤 존재인가?

> 휘이 휘이,/ 사람이 그리워서/ 사람을 찾아 나서는/ 장사익의 노래를 듣고 있노라면/ 5일마다 한 번 열리던/ 내 고향 시골 장터 생각이 나네

155

녹녹히 배어 있는/ 우리 가락/ 날고 싶은 세상에
서/ 길을 몰라도 / 길을 묻지 않는/ 장사익의 노래
를 듣고 있노라면/ 투박한 고향 사투리로/ 아버지
를 불러 보고 싶네
―「사람이 그리워서 -장사익」에서

장사익은 우리 전통 서정을 구성지게 복원해 내는
'그리운' 소리꾼이다. 그의 노래는 찔레꽃 하얗게 피
던 우물가, 고향 언덕과 그 옛적 사람들을 애잦도록
소환한다. 사람들이 모여들던 시골 장터가 재현되고,
투박한 고향 사투리로 불러 보고픈 아버지가 그리워
진다. 장사익의 노랫소리는 일본 사람 야나기 무네요
시도 애찬愛餐했던 비애미의 절조絶調다.

상병에게는 막걸리가 양식이었다/ 하루 종일 밥
한 톨 먹지 않고 /막걸리만 마셨다/ 양주와 소주
는 마시지 않고/ 민족의 술 먹걸리만 마셨다

막걸리는 천상병에게/ 아름다운 우주였다/ 찬란
한 인생이었다/ 하나님의 유일한 은총이었다
―「내 친구 천상병」에서

기인 열전의 으뜸 자리를 차지할 친구 천상병千祥炳 시인의 생존기 단편이다. 서술시에서 텐션이 한껏 풀렸다. 그래도 이게 천 시인의 진면모인 걸 어쩌겠는가. 천 시인의 아내 문순옥이 열었던 인사동 찻집 '귀천歸天'에도 이제 문순옥은 없다. 인생은 흐르다가 가는 것.

내 친구의 부문訃聞을/ 전해 듣던 날 저녁,/ 망연히 앉아/ 순간이다, 구름같이 잠깐 머물다/ 떠나가는 가숙假宿의 자리/ 바람의 그림자와 같은/ 내 회한의 생애가/ 눈발처럼 흩날린다

지명知命을 넘긴/ 내 나이를 헤아려 보고/ 아직도 소망을 두고/ 해야 할 일이 너무도 많은데/ 차례를 기다리는 귀성객처럼/ 영원한 유택幽宅으로 돌아가는/ 채비를 하는 거다

—「부음訃音」에서

오전에는 베란다에 놓인 난에/ 물을 넘치게 주고/ 다시 싹이 돋아나/ 나를 놀라게 할 것만을 생각했다// 당신이 이승을 떠났는데도/ 기차는 종착역을 향해 달리고 있었다/ 장독 위에 눈이 조용히 쌓여가고 있었다

—「다시 만난 새벽」

천명을 안다는 50세에 친구의 부음을 받는 상황이다. 한갓 뜬구름의 기멸起滅에 비유되는 인생, 세상을 잠시 머물다 가는 가숙假宿의 자리다. 어조가 무상감에 잠겼다. 「다시 만난 새벽」은 삶과 죽음의 경계선에서 '삶'을 새로이 여는 시간이다. 소멸 위에 새 생명은 싹트고, 지상에는 여전히 기차가 달리며, 눈이 쌓인다. 현존現存과 비현존의 기막힌 '갈림길'에도, 무심한 듯 현상계의 일상에는 파문조차 없다. 실존의 의미는 고독하다. 격정을 삭인 담담한 어조, 권용태 시의 화자가 전하는 잔잔한 감동이다. 『밤이 가면 아침이 온다』던 『가숙의 램프』의 조병화 시인이 열던 '아침'을 우리는 또 만나야 한다.

> 당신이 있는 곳에 진리가/ 당신이 있는 곳에서 화합이/ 당신 있는 곳에 신뢰가 쌓여/ 역사의 새벽을 열었던 은사였습니다
>
> 이제 천상의 거소에서/ 거목의 자리를 펴시고/ 휴화산처럼 정려한 마음으로/ 세상의 오욕, 다 잊으시고/ 편안히 잠드시옵소서
>   ─「천상의 거소居所에서 ─백철白鐵 선생님
>   영전에」에서

대학 시절 은사인 문학평론가 백철 선생 영전에 바친 조시弔詩이다. 우리 근대 문예 사조사를 정리했고, 이병기 시인과 더불어 『국문학전사』를 저술한, 한국 문학계의 거목 백철 선생을 스승으로 모신 영예가 여기서 현저히 빛을 발한다.

내 깊은 속의 말/ 한 번도 건네지 못했네/ 흘린 눈물 그대로 두고/ 어떻게 울까, 미안하고 고마운 아내여!

—「아내여」

내가 세상에서 제일 좋아했던 여자/ 남편을 고를 권리가 없었던 여자/ 할머니의 꿈은 아이를 많이 낳는 일/ 들어오지 않는 남편을 밤새 기다린 여자

—「외할머니」

아내와 외조모에 대한 상념을 시행 당시에 담았다. 아내는 '울음'으로 결산되는 '서러운 감동'의 대상이고, 외조모는 전통에 묵종默從하는 순명順命의 여인상이다. 이 순명에 대한 시인의 심미적 윤리는 판단 중지, 가치 중립이다. 할 말이 더 없기 때문이다.

인간관계에 아예 뿌다구니 같은 것이 없는 권용태

159

시인의 사람 사귀기는 이렇듯 평온하고 다사롭다.

(3) 사랑 -그리움

사랑은 서정과 서사의 핵심이고, 그리움은 서정시
의 광맥이다. '자연과 사랑'의 권용태 시인의 사랑과
그리움의 표정은 어떨까.

> 사랑도 거리를 두고/ 그리워할 때가 아름답다/문
> 틈으로 스며든 햇살처럼/ 살며시 흔들림으로/다
> 가와야 더욱 아름답다
>
> 사랑은 작은 간이역의/ 희미한 불빛이다/ 사랑은
> 불타오르는 갈증이다/ 사람은 치유할 수 없는 지
> 병이다/ 사랑은 끝내 풀 길 없는 의문 부호이다
> ─「사랑에 대하여」에서

사랑과 거리의 역학 관계를 역설의 원리에 기댄 것
은 고전적이다. "오, 솔레미오"의 강렬한 태양이 아닌
'문틈으로 스며든 햇살'의 표상은 은은하다. '간이 역
의 희미한 불빛'도 그렇다. 우리 전통미의 복원이다.
이것이 절제와 인종忍從의 내출혈을 감내하는 안간
힘을 내장하고 있음은 '불타오르는 갈증'과 '치유할
수 없는 지병'이라는 사랑의 메타포로써 표출되지 않

는가. '있으라 하더면 가랴마는 제 구태여'에서 마주치는 황진이식 회한의 현대적 재현이다.

> 이승을 떠나면서도/ 마지막으로 부를 사람아!/하늘을 두고/ 버릴 수 없는 사람아/ 확인하고 싶은 비밀을 접어 두고/ 제발 사랑하지 말아다오 사랑이여!
>
> ─「사랑하지 말아다오」에서

　절절한, 절대적인 생명적 사랑이다. 김소월의 「초혼招魂」의 어조다. 21세기 현대시에서 이런 사람은 처음 만난다.

> 누군가 죽도록 그리우면/ 팔당의 문지방,/ 금사교 위에 서서/ 그 이름을 불러볼 일이다
>
> ─「금사교」

> 역에 오면 그대가 보인다/ 육십 년이 더 걸린 기차를/ 아직도 기다리고 있다/ 사랑으로 목이 타거든 동학사로 오라
>
> ─「그리움 2」

　금사교와 동학사가 왜 그리움과 사랑의 성지聖地인지는 시인만이 안다. 하지만 이 세상 수많은 시의

독자들에게도 제여곰 잊히지 않을 금사교와 동학사가 있으리라. 21세기에도 이런 시를 읽는 독자들은 복되다. "사랑이여! 그리움이여, 그렇게도 아팠던 그 불가해不可解의 오진誤診" 사랑과 그리움은 오진이어도 좋다.

(4) 역사 · 사회

시인은 시대정신의 체현자다. 권용태 시인의 사회적 자아가 기척을 하는 시편들도 적지 않다.

> 한강이 응봉 마을 앞을 흐르고/ 압구정의 옥고 마을 뒷산/ 저자도의 맞은편 언덕/ 한명회가 바라보던 압구정은/ 한 폭의 수려한 동양화/ 겸재 정선의 화첩에도,/ 기대승의 한시에도 적혀 있다네
>
> 강남을 사랑하는 이여!/ 역사의 푸른 이끼가 낀/ 선정릉, 왕조의 풍상 속을/ 눈물을 뿌리며 산책도 해 보아야 하네
>
> ―「강남 산책」에서

강남 지역의 역사적 유서와 유적에 대한 관심을 환기한 시다. 강남의 오연한 빌딩 숲 사이에서 이런 유적이 있다는 것을 새삼 깨치게 하는 작품이다.

우리는 겨레의 이름으로 증언했다

벽보는 빗물에 젖고/ 피맺힌 사연은 눈물에 젖어/
여의도 광장에 흩어져 날리는데,/ 이 고통을 준 자
가/ 이 오열의 파도를 잠재워야 한다

죽은 자보다도 더 처절한 이산 離散의 물결이/ 북
녘땅, 그곳에도 무언의 함성으로 들려오는데,/ 이
젠 어떤 구실도,/ 어떤 조건도,/ 어떤 변명도 거두
어,/ 겨레의 진실 앞에/ 이오열의 파도를 잠재워
야 한다
　　　－「이 오열의 파도를 누가 잠재우랴 –'이산가족을
　　　　　　　찾습니다'에 부쳐」에서

　　1983년 7월 17일 KBS 텔레비전 특집방송에 방영
되었던 시다. 워낙 폭발적인 감정 분출의 세기적인
사태여서, 시도 부득불 격문의 어조를 띠었다.

　　4·19 최루탄 가스가/ 아직도 내 몸에 스며있다/
때로는 분명히 일어나/ 광화문 광장을 질주하고
싶은 분노여!
　　　　　　　　　　　　　　　　　－「분노」

4·19 혁명에 서린 의기義氣와 함께하고 싶은 정치적 자아의 꿈틀임이 원색적인 어조를 띠었다. 한때 마음을 주었던 저항시의 편린이다.

권용태 시인의 역사·사회적 자아는 '겨레의 말, 영혼의 언어로 하늘 문을 연 세종 대왕'(「세종의 노래」)을 찬미했다. "불기둥 같은 감격으로/ 슬프고 시린 아픔을 되새기며/ 항상 눈동자 같이 깨어 있어야 한다"(「죽으면 죽으리라 −광복절에」)고 다짐한다.

권용태 시인의 역사·사회적 자아의 시혼詩魂은 이같이 형형炯炯하다.

(5) 길

인생은 길 가기이고, 선택과 만남의 과정이다.

권용태 시인의 길은 산에서 귀여리로 이어진다.

산에서 길을 물으면/ 산은 내게 다시 길을 묻는다// 어느 한 곳으로 기울지 말고/ 자작나무처럼 곧게 살라고 한/ 사문沙門의 가르침을 일러 준다
                                −「산중우답山中愚答」에서

산이 지시하는 길, 그 심미적 윤리는 탈속脫俗의 길, 출가한 이의 '사문의 가르침'이다. 그런 산길에서 시

의 자아는 "병든 나무를 끌어안고/ 파도처럼 운다" 탈속의 지난至難함이여.

> 길이 없다고/ 산을 내려오지 말라/ 길이 보이지 않거든/ 길을 열고 오라// (중략) 더 오를 길 없거든/ 그리움이 소진되기 전에/ 꽃 한 송이 들고 내려오라
>
> ─「산행山行〉

산행은 길 찾기다. "길이 보이지 않거든 길을 열고 오라"는 아포리즘을 산에서 얻는다.

> 완행열차가 간이역으로 들어오네/ 승객 한 사람 내리고/ 깃발 든 역장 한 사람 서 있고/ 소나무 한 그루 서 있네
>
> ─「간이역〉

승객도 역무원도 달랑 한 사람이고, 나무도 소나무 달랑 한 그루인 정경이다. 인생길은 이같이 고적한 여로旅路다.

> 귀여리에 봄이 내렸다/ 죽어 있었던 고요에서 봄 신神이 강림했다/ 물길을 따라 꽃길이 열리면/ 새 우는 소리도 다르게 들리네

봄꽃이 그리우면 귀여리로 오라/ 사랑으로 목이
타거든 귀여리로 오라/ 무성한 꽃 앞에서 눈물을
보이지 말라/ 꽃잎 하나 지면 봄이 간다고 말하
지 않던가

―「귀여리歸歟里」

길이 마지막 다다른 곳은 곧 귀여리다. 마지막 안
식처다. 동진 사람 도연명의 「귀거래사」나 「귀전원
거」의 귀환 모티프와 상통하는 은일경隱逸境이 귀여
리다. 귀여리는 유한적정幽閑寂靜의 자연 낙원 표상이
다. 그곳이 관념의 영토여도 좋다.

(6) 자아
사람은 자연 낙원을 심령에 품었으되, 사람과 희로
애락으로 얽히고설키며 역사와 사회의 파란을 헤쳐
마침내 자아의 진상眞相에 귀환한다.

민낯으로 거울 앞에 서서/ 나를 비춰 보아도/속
죄하는 마음으로 살아/ 하느님 앞에 부끄러움뿐
이네

소태같이 미운 세상,/ 색깔 있는 한마디 내뱉고

166

> 싶지만/ 누구 하나 귀 기울여 주지 않고/ 세상 하나 바뀔 것 같지 않아/ 삭을 대로 삭은 지푸라기처럼 산다
>
> —「자화상自畵像」

작은 참회록이다. 인생이 종착지를 앞둔 노년에겐 오직 참회할 일만 남는다. 하여, 쓰디쓴 세상일에도 '잠잠한 체념'으로 삭아 가녀린 지푸라기인 양 산다. 극한의 자기 왜소화를 수용하는 지혜다.

> 언제부터가/ 눈이 침침해지기 시작했다// (중략) 그러나 신기한 것이 있다/ 눈이 어두워진 이후/ 세상이 더 밝게 보이기 시작했다
>
> —「시력視力」

시력이 흐려지자 세상이 더 밝게 보이는 노년기의 시학적, 형이상학적 역설이다. 노인의 눈은 멀리 보이지 않은 것도 다 볼 만큼 깊고도 넓다.

> '말도 내려놓고,/ 생각도 내려놓고,/ 소원도 내려놓으라'는/ 사문沙門의 가르침을/ 새벽마다 암송한다
>
> —「내려놓기」

불문佛門에서 가르치는 방하착放下著을 염송하는 초월 지향의 자아상이다. 탐욕 다스리기다. 프랑스 철학자요 비평가인 자크 라캉은 말하였다. "욕망의 주체는 나그네, 길은 사막, 대상은 신기루다."고 동서양의 형이상학적 지향선이 닮았다. 권용태 시인도 '과욕의 늪'(「과목의 늪」)을 경계한다. 비우기 연습이다.(「비우기」)

> 때로는 내 늦은 밤의/ 귀가를 성토하는/ 아내의 눈물 속에 빛나는/ 가냘픈 자유여!
>
> —「방목放牧」

늦은 귀가를 성토하는 아내의 눈물. 그것은 자유를 지켜 주는, 고맙고 투명한 사랑이다.

> 견딜 수 있는 아픔만 주십시오/ 그리워할 수 있는 아픔만 주십시오/ 어머니를 부를 수 있는 아픔만 주십시오/ 하느님을 내 속에 품고 살 수 있는 아픔만 주십시오
>
> —「기도」

이제 순정純情 충만한 기도만 남았다. 방하착, 비우기의 형이상학적 결산이다.

168

(7) 예술

비운 인생길에도 순수한 영위營爲가 있다. 예술
이다.

갈증 속에 목마른/ 나의 예술이여!/ 수만 마리 거
위가/ 연못에 빠져 죽었다

—「갈증渴症」

예술을 향한 갈증은 순수하다. 목숨이 걸린 생명
소生命素다. 시인의 예술 정신은 자못 숙연하기까지
하다.

화가 김점선이 그린 말 가운데/ 목이 떨어져 나간
말이 좋다/ 웃는 말 타고 하늘로 올라간 뒤/ 눈물
이 붓꽃에 말라붙었다

—「목이 없는 없는 말馬」

4행 단시에, 목이 떨어져 나간 말 그림의 초월적
형상미를 좋이 그렸다. '아프게 아름다운' 형이상학
적 표상이다.

세상에 김점선의 그림만큼 재미있는 일은 없다/

초등학생의 낙서처럼 유치한 그림이 더 좋다/ 말
들이, 오리가, 꽃들이 반복해서/ 세상을 뒤집고 다
니고, 꼭 점선처럼/ 아무 데서 유턴하는 이벤트가,
퍼포먼스가/ 너무 재미있다.

—「점선면」

　김점선의 화실畵室에는 아직도/ 히치콕의 새 떼
처럼 새들이/ 온 방 가득 날아오르고/ 오리, 거위,
붓꽃, 잠자리,/ 거기다 모질게 부러진 말의 허리까
지/ 소름 끼치는 액자 속에서 자유를 만끽하고 있
었다// (중략) 내 그리움의 진원지가/ 저 낙조落照
속에 불타고 있는/ 너였음을 이제사 알았다

—「고별告別」

　인척이었던 화가 김점선의 작품 세계, 그 정곡을
소름 끼치게 투시하고 있다. 시인의 그리움이 바로
거기에 불타고 있다니. 시집 말미에 붙은 박완서, 최
인호, 김용택, 이근배, 이해인, 정호승, 윤후명, 장영
희 작가들의 찬사가 심령에 G현을 켕긴다.

3. 맺는말
　이 글은 우리 현대시의 네 가지 양산 중에 모더니
즘시와 창작과 비평파의 사회시가 드리운 음영을 조

명하는 데서 시작되었다. 모더니즘시는 낭만적 감정 분출을 지성과 이미지로 조율하기에 기여했고, 창작과 비평파는 우리 서정시에 사회성을 도입하기에 공헌했다. 하지만 모더니즘시 중의 주지시는 이제 극난해시의 길로 치달아, 문학 현상론적 소통 불능의 오골성烏骨城 스스로를 유폐시키며, 창작과 비평파의 사회시는 우리 서정시에서 서정을 말살한 책임에서 자유롭지 못하다.

1958년에 등단한 권용태 원로 시인은 이 같은 시학사적 변풍變風에 휘둘리지 않고, 줄기차게 독자적인 서정시 밭을 가꾸어 온 항심恒心의 예술가다. 권 시인은 '신선한 감각과 고운 정서로써 자연과 사랑의 본질을 추구하려 한' 등단기의 초심初心을 지켜 왔다.

권용태 시인의 이번 시집 『그리하여 너의 섬에 갈 수 있다면』에는 자연, 사람, 사랑과 그리움, 역사와 사회, 인생길, 자아 표상, 예술의 정수精髓 등 다양한 소재에 대한 관심이 표상화해 있다. 동아시아 정신사를 이은 권 시인은 인간과 자연이 하나 되는 통합적 자연관을 보여 준다. 다만, 「강」에서 보듯이, 권 시인의 자연은 속죄양적 표상으로서, 격한 강렬성을 띠고 독자들의 심령을 흔들며 통고痛苦의 실유實有로서 떠오르기도 한다. 하나, 그의 자연은 본질적으로 '침묵에 잠긴 선한 존재'이며, 특유의 비의秘義를 품고 인간의 심령을 견인하는 신비의 실체이기도 하다. 그리고 마침내 권 시인의 자연은 마지막 안식처요 자연 낙원인 '歸歟里'로 귀결된다. 자연은 필경 안식의 표상이다.

권용태 시인에게 사람이란 질박質朴한 정과 그리움의 대상이다. 기인 열전의 한 주인공인 천상병 시인, 평론가인 스승 백철 선생, 개성 넘치던 김점선 화백, 그리고 가족과 친구 등이 여울에 그리운 표상들로 명멸한다. 특히 친구의 부음에 문득 생멸生滅의 의미를 묵상하는 권 시인의 어조는 자못 숙연하다.

권용태 시의 본령은 요컨대 사랑과 그리움이다. 거리를 두고 그리워할 때가 아름답다는 사랑의 형이상학적 역설을 섬기는 권 시인에게, 그럼에도 사랑은 '간이역의 불빛, 타오르는 갈증, 치유할 수 없는 지병, 풀 길 없는 의문 부호'의 메타포로 뜻매김 될 만큼 치열하고 전 생명적이다.

권용태 시인의 역사 · 사회 의식은 준열하되, 원색적 격정의 뿌다구니 같은 것은 가뭇없다. 하지만 그의 역사. 사회적 자아의 시혼詩魂은 준열, 형형炯炯하다.

권용태 시인의 시업詩業의 길은 사문沙門의 가르침을 품고 이어진다. 탈속脫俗의 길이다. 하나, "병든 나무를 끌어안고/ 파도처럼 운다."는 그의 탈속행은 지난至難하다. 다만, 길이 보이지 않거든 열고 가라는 형이상학적 아포리즘은 위안이다.

권용태 시인의 자아관은 작은 참회록으로 결산된다. '탐욕의 늪'에서 벗어나는, 비우기와 내려놓기, 방하착放下著의 자아 표상이다. 그에게 남은 것은 예술을 향한 갈증뿐이다. 특히 인척인 김점선 화백의 예술이야말로 하나 남은 그리움의 진원지임을, 권 시인은 고백한다. 요컨대, 권용태 시인은 이 시대 시인들이 놓치고 있는 우리 본연의 고운 서정을 복원하고, 그리움 넘치는 아스라한 우리의 옛 기억을 재현함으로써 먼 독자들까지 휘어이 불러 모으는 고마운 예술가다. 만인을 품어 안는 크신 인품, 우리 문단의 스승이다. 시집 상재를 축하드리며 장수長壽 강녕康寧하시기를 빈다.

소울앤북 시선
그리하여 너의 섬에 갈 수 있다면

초판 1쇄 발행 | 2022년 9월 25일

지은이 | 권용태
편집인 | 이용헌
펴낸이 | 윤용철
펴낸곳 | 소울앤북
주   소 | 경기도 파주시 회동길 325-22, 3층
편집실 | 서울특별시 중구 삼일대로 6길 15, 3층
전   화 | 02-2265-2950
등   록 | 2014년 3월 7일 제4006-2014-000088

ⓒ 권용태, 2022

ISBN 979-11-91697-04-9 03810

값 12,000원